午夜尚未结束

MIDNIGHT IS NOT OVER YET

曾欣兰　著

长江出版传媒

长江文艺出版社

图书在版编目（ＣＩＰ）数据

午夜尚未结束 / 曾欣兰著.-- 武汉 ：长江文艺出版社，2017.7
ISBN 978-7-5354-9705-5

Ⅰ．①午… Ⅱ．①曾… Ⅲ．①诗集－中国－当代 Ⅳ．①I227

中国版本图书馆 CIP 数据核字(2017)第 112400 号

责任编辑：谈　骁　　　　　　　责任校对：陈　琪
封面设计：禮孩書衣坊　　　　　责任印制：邱　莉　　胡丽平

出版：长江出版传媒　长江文艺出版社

地址：武汉市雄楚大街 268 号　　　邮编：430070
发行：长江文艺出版社
电话：027—87679360
http://www.cjlap.com
印刷：广州星河印刷有限公司

开本：880 毫米×1230 毫米　　1/32　　印张：5.25　　插页：2 页
版次：2017 年 7 月第 1 版　　　　2017 年 7 月第 1 次印刷
行数：2736 行

定价：30.00 元

破蛹成蝶

黄礼孩

　　一个写诗的人与非写诗的人，之间有着多样区别。若有一个诗歌神明的话，心中一定有一个缪斯在喃喃自语，嘀咕着唤醒他的记忆与欲望、希望与美德。我所认识的曾欣兰，他写诗后，变成一个被诗歌神明改造过的人，从日常的琐碎过渡向精神之乡，成为一个自觉去完成的诗人。之前，他"有一些多余的日子用于沉默"，而如今，他作为热爱祖国的观察者，有了写诗之心。

　　专注文字，远离一些不断重复的庸庸碌碌的生活，感受到精神线性的延伸，就能通向任何有想象力的地方。在心灵的领域上，他安插了一面旗帜，率先被心灵之风吹开的一面旗帜是《高处的秘密》（2016，花城出版社）。诗歌写作，一种陌生又神秘的行当。秘密在他处，也在内心里，每一个诗人都长着朝向秘密的眼睛。曾欣兰渴望光的来临，渴望高处的秘密，不过他从高处得来的东西是为了书写人间低处的事情，比如《简历》《季节》等诗歌，一一闪现生活的身影，涌现出物我转换的愿景。所谓的秘密，此时就是用心感受这个世界，把感受到的别致之处，用特殊的情感和文字记录下来。

　　写作是为了看清自己，有时候是为了看清别人和获得友谊。每一个人在写作之初都渴望获得认同。曾欣兰的诗歌先是在身边的文人圈子里获得欣赏，之后为更多的伯乐所发现。带着异于别处事物的热情，他四处寻找思想的源泉，他寻找着更多的人群，渴望去交流，在他山里获得某种奇石。写诗是一件孤单的事情，却也是获得心灵回声的方式。曾欣兰在他的诗歌里获得友谊的光影。对已经离世的诗人东荡子和翟文熙，他都葆有惋惜和怀念之情。深切的怀念让他进入诗人的语言里去，自己也变成一个缓慢的句子。慢、沉默，都是缅怀与告别的仪式。

而对身边的诗人、艺术家朋友，他的书写不仅仅如古代人一样赠诗，还有对心灵空间的探寻。诗歌是离心灵最近的东西，给自己欣赏的人写作，不仅仅是延伸了友谊，还画出朋友们的一帧帧画像。他视诗人画家林继昌为"徘徊的苦修者"、雕塑家夏天是"历史的修复者"，而诗人安石榴远离故乡，他所居住的地方"没有石榴村的命名"，流露出内里的心性交流。"你站在最好的月色里，没有辜负这苍茫的人间"，他写给我的诗篇，简明、纯正，读之动容。他的赠诗远不止这些，一个具体的对话对象，成为他写诗的一个理由。或者是，他伪装了一个可靠的呈现对象，却暗地里寻找另一个可以听到的人。优秀的诗歌应该创造出交流的意义。曾欣兰的赠诗，建立起来一种文学的交流方式。

"在花果之乡，群山保持常绿/那是我早年写下的文字/燕子在返程中，带回信笺"，尽管故乡已经不是之前精神形态上的故乡，但一个人还有故乡，他还去书写他内在记忆里蕴藏的风物，并不可耻。作为从广东粤北一个叫翁源的小城来的诗人，基于诗艺的天性，曾欣兰的写作离不开故乡的人与物。"布谷鸟伫立在浅雾中的枝条/而它听不懂我的方言"。故乡，从语言的意义上说，它是方言的呈现。即便布谷鸟这么美好的精灵，因为它听不懂方言，也就少了内在默契的呼应。试想，如果我们用另一种语言来说故乡的风物和人的命运，这语言就变成翻译的语言，就会生硬、生疏，也就没有那份隐秘的激情。离开故乡越久其情越浓，曾欣兰在诗歌里创造出一个纸上的故乡，记载生活的日志和流变，高翔之时有低飞，凝重之处荡出轻盈。对故乡亲人的爱和怀念，让他懂得依靠时间的力量回到另外的时光里去。

"万物皆有不规则的去处/冷却的光线沦为倒影"，合乎自然的伦理是时光恰当的表达。曾欣兰不像别的诗人只停留于抒情，而是在纤细无常的时刻还加入了复杂的体验，让诗歌中透出某种存在的不安，比如他写到的："这是一个月朗的夜空/星星在一片片死亡"，"生活需要一个雨刮器/刮雨，也刮疼痛"。诗歌从对生活现象的观察到有效的呈现，还不是最好的，触及心灵、唤醒灵魂的诗歌才是我们所珍惜的。在这个时代，一个有良知的诗人面对事实的压力，他要坚持一种抵抗，就像曼德拉的诗歌写道："不要为自己的苟且而得意/不要嘲讽那些/比自己更勇敢热情的人们/我们可以卑微如尘土/却不可扭曲如蛆虫"。我看到曾欣兰在观察着社会的变迁，看到他把生命的影子融入光，与光一起生活。"没有善变的身体用于退后/于是我们有了相似的命运"，相同的气息，一样的命运，生命才会彰显出站在一起的勇气，才有奔向真理尽头的行动。

人受自己对事物看法所困扰，对诗歌的认识是一回事，写出来是一回事。写作需要把混乱变得清晰，把不确定性带入坚实的文本中。加缪说"一个人始终是自己真理的猎物"。诗人需要天生卓越的时刻，就像来自世俗中一道灵性的光亮，改换琐碎事物的面貌，使得我们通常所见事物，显现其真相。"我善于黑暗中表达/每一笔都是勤快的刀笔吏"，有时候，我忍不住对曾欣兰说，这应是他写作的一个精神向度。"来源于自身的光写下狂草/夜是辽阔的纸张//而你并不将其照亮/黑暗，仍在无限扩张"。面对黑暗，个人的探寻将闪烁出微弱的光，并从私密的自我中剥离出来，在心灵的维度上拓展了升华带来的困境。

曾欣兰对短诗的控制力强，语言已经做到干净、凝练，有着精致的轮廓。"雾中人将失去宽大场景/我投下问路之石/却听见空旷的回响"，这样的诗歌甚至达到内敛、浓缩、微妙、透辟的体验。但有时候语言抽得过于干净，具有细节性的事物描写也去掉了，就显得文辞不够，有些局促。

　　需要去叙述可能之物，需要把诗性化到语言中去，重视内在的情绪，回应外在世界的奥秘和美，去相信之内与之外之间有一种启蒙性的生命，如此才获得更大的自主性空间。当然，这是见功夫的事情，不仅仅是训练语言的问题。把一切化在笔下，需要理解一切的能力，需要情怀、诗性、感受、信仰与准确的词合而为一，需要心灵与万事万物最大程度上的融合。写作需要更多的文化预备和文化想象，古人说功夫在诗外，大意如此。

> 感谢无数落叶
> 让出冬天。感谢雨势
> 人群一样稠密
> 一只燕子没有家室可归
> 它还衔着故乡的旧泥
>
> 感谢先行者的面具
> 飞翔的轨迹被风声代替
> 当落款写上决绝之后
> 请容我在刀尖上暖过身子
> 赎回下一世的罪孽
> （《感谢信》）

　　优秀的诗歌具有治愈的能力。生活有着令人不安的缝隙，曾欣兰用一首《感谢信》回应自然、历史、家园、社会、个人、救赎等话题，弥补着伤感、伤害、伤痕所造成的苦楚。肉体尽管是软弱的，但灵魂必须在刀尖上经过。曾欣兰这首诗歌泄露的其实是个人的虚弱，看似感谢，实质是绝望。好的诗歌有其内在的迫切性。《感谢信》与他的另一首诗歌《原谅》"我原谅那位诗人的春暖花开"有着某种呼应，在诗歌的后部分递进，把情感进一步推动，用决绝撕碎生活的伪装，由此走向陈情与申诉，期待赎回奇迹。

"等春风过尽，做自己的俘虏"，写作就是回到自己的内心去，就是在思想之牢里做自己的俘虏。写作最好的心态是归功无名的劳作。独自成蛹正是这样的修为。曾欣兰进行蚕的工作，把生活的空间转化成异度空间和心灵空间，在里面吐丝作茧，听诗歌神明神秘的嘀咕。我想，假以时日，对好诗的追求就像他要挣脱陈词滥调之茧的束缚，独自成蛹，破茧化蝶，做一次优美的小的飞翔。

2017年6月

目录

CONTENTS

第一辑　灯光是他们的

003　一种颜色

004　灯光是他们的

005　必经之道

006　古寺

007　图案

008　磨镜台

009　菩提树下

010　脸谱

011　感谢信

012　候鸟

013　某事件

014　指向

015　轮回

016　告别五月

017　黑匣子

018　修复者

019   彼此的蓝

020   我们有相似的命运

021   牛角梳

022   始于赞美

023   夜行者

024   写诗之心

025   幻境

026   清单

027   我们共同拥有四月

028   夜空

029   人间的符号

030   有一场雪正在告别

031   下水道

032   虚拟

033   糖果

034   黑与白

035   必须

036   黑夜从身后到来

037   乌木

038   俘虏

039   扬州在别处

040   箭镞

041   简历

第二辑　靠近云朵的语言

045　　灯塔

046　　三角梅

047　　牵牛花

048　　策马之地

049　　菠萝的海

050　　小苏村

051　　致汤显祖

052　　漓江行色

053　　汤南古村

054　　开不败的花园

056　　旧码头

057　　昨晚在图南

058　　古巷

059　　重登南天门

060　　神祇与苍生

061　　在安居古城

062　　红土地的光

063　　雪在任何地方落下

064　　庙宇

065　　画火的人

066　　镜框里的季节

067　　磻溪园

068　　虚设的人间

069　　黑土地的光

070　　铁索桥

071　　时光中的围龙屋

072　　郁水河

073　　烟桥古村

074　　一场雪也显得渺小

075　　偶遇少数花园

第三辑　　桃花落尽萤火

079　　落尽萤火

080　　故乡与我

081　　茶语

082　　归途

083　　潋表村一日

084　　谎言

085　　许愿

086　　风筝

087　　田野

088　　回乡记

089　　族谱

090　　他们各自说起生前

091　剃头匠

092　母亲的菜园

093　桃花·山冈

094　故乡的倒影

095　布谷鸟

096　平安夜

097　叶子之上

098　来自故乡的月

099　城乡之间

100　站台

101　冬日

102　这么多人热爱家乡

103　烟火

104　拜年帖

第四辑　中年日记

107　小的飞翔

108　至今无人提及

109　中年日记

110　空有一地蔚蓝

111　落日

112　月亮缺下一角

113 棋局

114 宿命

115 既然可以让我如此生活

116 共同的秋天

117 俗世的旁观者

118 西华寺

119 看见

120 审判

121 苦修者

122 前世的篝火

123 罂粟花

124 风是这尘世的刀客

125 流水是无情的

126 阴影

127 最好的月色在抵达人间之前

128 最后的洞悉

129 一个人的旅行

130 珠帘

131 春天里

132 鹅卵石上的鱼

133 无题

134 归于一场雪

135 二十八号病床

136 我是自己的牢笼

137 素颜

138　浪花

139　原谅

140　征兆

141　存在

142　祝福歌

143　岔道

144　季节

145　还原

146　秋天让我们相遇

147　一个诗人持续写给尘世的"感谢信"

　　／安石榴

第一辑

灯光是他们的

沉溺于并不坚实的土地，有的人
在原地救赎，有的人删改初衷

一种颜色

五色国旗悬于一方空缺
这里没有一兵一卒
没有长矛、弓箭
除了沙粒，没有一片领土
迎接一个薄的黄昏
没有可疑的海鸟
争相传递关山的消息

没有短缺出来的斤两
没有持刀人将浪花斩获
而这秘密终被世人所知
并容许侵袭者的闯入

——这幸福的前身啊
正被一种颜色改变

灯光是他们的

——悼念翟文

请相信，灯光是他们的
我们在黑暗中朗读
　"把位置与游戏让给后来者
我们去到天空中飞翔"

那是骑田岭的一场寒流
穿过时间的柔软之壳
让一个人的身体冷却、变硬
海水让出半岛，长出碑石

那晚不需要发生什么
　"属于入定者的时刻"
黎明与书稿成为新的遗物
零碎的星辰在打发黑暗

像苦难的出生，没有锦衣相伴
旧的浪花要把旧的埋葬
而一棵树还会不断长出叶子
没有人在此刻离开教堂

必经之道

昨夜我从这里归来
叶子茂盛，灯火透过栅栏
我把影子拉大
直至被星光所见
这条多年的林荫道
入梦时，需经过短暂的黑暗

春天在故乡还未深入
这样的清晨，艾草刚长成
有人已抢起刀斧
砍掉黎明剩余的阴影
我想起每一年冬天
叶子总不肯落下
不肯屈服于季节的冒犯

鸟鸣仍为低空扮演角色
而这些砍伐过程
没有西风，没有血的猩红
更没有片刻掌声
获取几片落叶

古寺

无非是冥想者深陷于此
无非是，一堵薄墙隔开浮世
无非是玫瑰花，没有花瓣
无非是那场战火，没有敌意
时间敲击木鱼的声响
何以丝丝入耳?
无非是，一炷焚香
代替一面帝王的旗帜
无非是惊涛中，涌动之爱
在菩提树长成叶子
那地方，我们都曾经靠近
它敞开逆向的窗户
对过去的光，心存感激……

图案

这是命运的图案
枯萎成为赞美说辞
万物具有不规则的去处
冷却的光线沦为倒影

如朝圣者对世俗的皈依
我与新事物打开云帛
独自欢娱于这残缺之世
并爱上嗜血的黄昏

磨镜台

这里曾是布光者的道场
思辩之人不怀歹意
在各自内心等待花开、结果

石头终究未能磨成镜子
后来的官邸却有了权力的纷争
就像史书上王的旨意
并不会成为疾苦的药方

得道者重回岸边
在山中，这只是一处古迹
如身份成疑的衣冠
穿在游离于世的俗人身上

菩提树下

叶子凋落，秋风反复来临
对弈者半路出家
为一场未分胜负的对局
在香客中隐姓埋名

菩提树下，对弈者坐了很久
眼前的方格分割国土
手中棋子，仿佛一件兵器
在哪里落下，都是一场杀戮

就在刚才，我将香烛插进香炉
并祈愿鸟兽拥有更多的森林
如今又看见，对弈的两位俗僧
在棋局前，举棋不定

脸谱

"这块石头，不知道需要敲打多久
才会有今天的形状——"

我确信，锤子落下时
他一定忆起前身
雕刻者敲击的位置
像山神的脸，又像亚当诞生

世界初始，封存的湖面
不需要对肉食鸟类进行奖赏
更不需要恭维，战争尚未开始
分开的日夜，各自有从容的天空

"而这张脸谱，不知道被敲打多久
才有了被忽略的半边脸庞"

感谢信

感谢无数落叶
让出冬天。感谢雨势
人群一样稠密
一只燕子没有家室可归
它还含着故乡的旧泥

感谢先行者的面具
飞翔的轨迹被风声代替
当落款写上决绝之后
请容我在刀尖暖过身子
赎回下一世的罪孽

候 鸟

这曾是我喜欢的一部分
花各自开，昼夜有序交替
天空留有充分想象
候鸟的空巢，保存完整

你在尝试不同命运
原乡与苦难是往返的旅程
猎杀者举起世袭的猎枪
日子的悲剧，在加深折痕

我们具有活着的血腥
秩序被打破，你将失去羽翼
成为胜利者宴客的佳肴

夕阳里，我也成为落荒的人

某事件

从海上走来，经过沙滩
想必会留下脚印
这片海并不是你第一次光顾
阴雨里，该是更软的沙粒

海天一体，遣派的潮水
如追兵在围剿命运
草芥的嘶喊小于海浪
平复一双幼小足迹

海螺收起黄昏中的声响
像欢快之地忽地失去琴音
木皮屋还在原来的位置
乌云的口哨响自婴儿的唇印

剧情里操练纯熟的演技
并未给观众留下破绽
天空宽阔如答谢的幕布
抹去一次次潮汐

指向

秋天刚刚结束，如大海的退潮
该有一艘船只泊在岸边
用于收拾风浪的暗疾

小溪从花开的路途赶来
我是一名胆怯的人
声响停歇，才小心经过

秘密藏于沙粒，海贝的壳
像秘不示人的子蕊
花瓣开在需要赞美的地方

轮回

冬天隐约可见
花落尽后
佝偻成为一种赞美

我羞愧于我的诞生
许多人需要这个世界
一场宴会的延续

轮回是一门哲学
"只因风的缘故"
火苗将风灼伤

告别五月

雨水腾出天空之蓝
百花空出位置，用于结果
就此告别五月吧
在这之前，有太多死亡

我们在此刻破土而出
最坚硬的部分留在土壤
叶子在晃荡的岁月里
向风示弱，像取下的风铃

过了今夜，就有了衍生的节日
让我们怀念时光。而窗外
柳条习惯低垂，圆荷向上
湖底的气泡，穿过五月的波纹
在寂静中破裂，继而荡漾

黑匣子

这是一次漫长的飞翔
母体在那一刻有了荣光
黑匣子开始忠于所有过程
不断地录制惩治与赞赏

要记住幻变的天气
在大地正中央，乌云盖顶
覆盖一切不透明的事物
闪电照见瞬间的自由

从出生之初，来不及适应人世
的气候，我们就等待一场事故
黑匣子将再次被人们提起
在哀乐中反复播放

修复者

——致雕塑家夏天

道路不需要重新命名
旧厂房有了生机
消失与诞生在挣扎中角逐

你是历史的修复者
如手术刀熟知症结
剥离生活中的一切假象

谁在违背上帝的旨意
用真理接合一段段朽木
它来自无数被侵袭的村庄

生命在消耗中延续
那把镰刀保持弯曲之美
像野史不甘屈服

为他换一件新的衣裳
"渴望将美彻底毁灭"
你持续最原始的冲动

彼此的蓝

喜欢这样遇见
夏日之风与玫瑰之香
契合生活的细节

人世因此而洁净
天空与大海
不断析出彼此的蓝

我们有相似的命运

你曾有体面的生活
像和风信步草原
食物在流动，使你甘于慵懒
而人类开始筑堤垂钓
落花荡开口子，阳光穿过水面
我常常带着不同的黄昏
在丝织品般的水里画上图案

万物保持应有的秩序
这一天，田野打开缺口
洪流倒灌，如流浪者涌入城池
柏油马路成为你藏身的泥潭
在密集的拐角，流水极尽柔软
你却没有善变的身体用于退后
于是我们有了相似的命运

牛角梳

老牛的死亡没有葬礼
风吹的庄稼，是低沉的悼词

牛角被锯下，在墙头晾晒
纯熟的刀，制作一把把梳子

生前的鬃毛，你无暇顾及
而人间的症结，需要一笔笔梳理

始于赞美

北风穿过春天的田野
稻草人的影子向水面倾斜
回暖的种子
首先在低处发芽

有一首诗始于赞美
说到甜的土地，说到桃花
说到未来的果实
蝴蝶是这个季节最好的舞者

而爱并没有被人间唤醒
结句无处落笔，无法说到
你我的诞生地，开满野花

夜行者

黑暗中，缺少真切的事物
影子不断变换位置
夜行者穿行在城市的隧道

他们像梦遗怀有快意
拥抱、狂饮、交换异见
断想中的家园，置于远方
而夜色，正收起众人的肉身
设下黎明到来前的路障

梦境里的圣者面目模糊
木棉花过早地凋谢，叶子
反复闪光。天亮之后
他们将退回原地
在大海上方，盖一处楼阁

写诗之心

掌声再次停留，紧凑的
剧情，缺少完整的落幕
路径在山腰停止，不可触摸
的事物，更接近高空

夭折在夏天的果实
让每一个醒着的人留下苦涩
沙滩湮灭浪花的白羽
歌者将失去最后的抒情

胡杨木在进程中半途而废
有一些多余的日子用于沉默
那些热爱祖国的观察者
同时有了写诗之心

幻境

——致东荡子

在阿斯加的草原
有人刨去积雪，有人点燃炉火

幻境下，真理被沦为黑色
需要大雪覆盖，才具有光芒

阳光吝惜，未穿透内心的暗角
在绝望之境，万物虚幻奔跑

沉溺于并不坚实的土地，有的人
在原地救赎，有的人删改初衷

清单

之前的时光，分娩了
出租屋、独生女、母亲的苍老
课本上的戈壁、长矛、石窟
不同名字的河流、长生草
正被溃退的日子一笔笔勾销

梦域一次次远足，不断罗列名字
有生之年，远方难以救赎
沉沦的每一轮落日，依附黑暗
而事实上，能去的地方也在减少
清单里，从来没有理想者的城堡

我们共同拥有四月

我们共同拥有四月
雨水撞击尾声的花落
有天堂的哭泣来自凡间
这个季节，乌鸦失去哀唱

山上开满杜鹃
一个人的葬礼将丧钟敲响
我不能爱这陈年伤口
久旱的沙漠有直立的孤烟

我的祖国长满蒲公英的细羽
若无的影子，谨慎潜行
那些轻薄的生灵
再一次触及地狱的切入点

夜空

情愿不相信世间
大地为什么这样空旷
落花找不到飘扬的起点
季节与季节的衔接地
叶子反复凋零。而独行的
身影，正节节龟裂

这是一个月朗的夜空
星星在一片片死亡

人间的符号

庙宇庞大，树上长满经文
老去的教堂钟声熄灭
膜拜者带来纸钱、香火
我混迹其中，辨别各种语言
却听不到为他人的祷告
他们的付出，需要索取更多
为此有人升天、得道
而行色匆匆的人空着身体
等雁群飞过，它的影子
成为人间的符号

有一场雪正在告别

必须重新命名。这不是春天
花朵集中，阳光过于零落
走不到的对岸，蜜蜂无处采蜜

可以果腹的，都是嗟来之食
有鸟奔走于城市与荒岛之间
它的飞翔，湮没一种声音
彩虹在天边，悄无声息

有人在酒后唱着怀旧的歌曲
歌声穿过海面时，海浪在呜咽
在岛屿，想起远去的亡灵
下过的一场雪，正跟人群道别

下水道

在低处，你一直忠于生活
忠于那些被浪费的粮草
那场骤雨，冲刷后的污垢

当城市的酸甜苦辣
终于找到宣泄的出口
你仍然在捏造浪花之前
于黑暗中默默行走

虚 拟

小鸟啄开黑暗的内幕
流出黎明的原浆
黏稠的城市将风束缚

交通灯被蓄意篡改
这座城将戴上花冠
执法者是众多的国王

行人与商贩仍然有序
鲜花是皇帝新裁的衣裳

天上从来没有河流
而这一切始终无人道破
就像无人道破喜鹊的徒劳

糖果

从第一级台阶开始
每一处拐角
都成为临时的目的地
用于蚁群的喘息
高处有久置的糖果
阳光从未落在地面

悬空处，倾斜的台阶
像每一个年代精心的构造
而这一生的爬行是何其缓慢
在你我抵达之前
消融中的糖果，将失去甜蜜

黑 与 白

来源于自身的光
闪电写下狂草
夜是辽阔的纸张

而你并不能将其照亮
黑暗，仍在无限扩张

必须

必须有足够的光芒供奉大地
必须有足够的黑夜用于睡眠
必须有一些腐烂的食物
园子里并没有饥饿的猎鹰

必须有一处伟岸的旷野
必须有好事者载驴入黔
必须有一位女巫念念有词
有一些宣誓者百病缠身

必须有一段动容的历史
必须有一支彩笔勤于画饼
必须有一位川剧表演者
博取众多的声音

黑夜从身后到来

过慢的日子是因为春风还在
有多少人留恋午后，等待花开
在土地深处，循环的万物
是萌动中持久的不安

在这个狂欢取代的边缘
黎明总是在远处开始
黑夜，却从身后到来

乌木

不再有风出没，影子虚设
大地失去森林
黑暗中，不需要镜子
用于看清自己的褶裂

我在黑暗中行走
更低的暗流，传出水声
触及的乌木仍然沉默
它的生命始于阳光
归于漆黑

俘虏

山体辽阔，云朵扶起山腰
季节之初，花径向上延伸
春天的光线在编织黛绿
牧羊人有秘密的路径
时间在叶子上，一片片长高

这是原乡，老房子燃起柴火
折返的出逃者放下行囊
在祖辈留下的土地上
他种下草木，修复栅栏
等春风过尽，做自己的俘虏

扬州在别处

这应是阳春三月
小草长满露珠，风中长满蝴蝶
扬州在别处，据说仍然美好
有一把琵琶在反弹季节

时间从梦中滑过
又有樱花老去，相遇故人
而圣人就在对岸，明哲保身
手中的书籍，从未打开封面

箭镞

这么说，生活需要碎片
让一段过往无法还原
蝼蚁的死亡没有案发现场
无数的足迹将成为物证

是的，我已身中箭镞
带毒的箭头使肌肤溃烂
而我不能将箭头拔下
沉默的人需要更多的伤口
让众多的蛆虫前来诅咒

简历

编辑来电的时候，指甲刚剪去一半
一只手温顺自然，一只手惊慌失措

春天开始索要我的简历
我不敢写上诗人的字眼

至于日期更不敢确定
也许是生前，也许是死后

第二辑

靠近云朵的语言

他们的过去已被历史册封
而时间不断前移，缄默的古巷
有了感知命运的布局

灯塔

在白茅，海水退回大海
石头裸露，莲花开成黑色

那灯塔就在苍茫处
古老的火种已被盗取
暮色中，再也没有火焰

有一处航道通向光明
它需要大海平息一切
以聚拢漏下来的光线

而大海并不知晓，发出涛声
好像它的存在只需要静默

三角梅

我不能说这是异域之物
南方繁衍的枝条，穿过废弃的
铁皮屋，发出阳光的掌声
花萼张扬，这是一团摇曳的焰火
那是在南美，有一片开阔地
用于你灼热地燃烧
时间又回到多年之前
你曾是布光者擎举的火种

事物都在遵循它的四季
城市的缝隙，是我们的异乡
在汾江河畔，你先于叶子
斜出蝴蝶的翅膀
为变异的季节，顽强地
保持着隐秘的飞翔
如故乡寂寞生长的庄稼
攀爬在向阳的山坡

牵牛花

在织篑，一切均未改变
旧蝴蝶如春日般缱绻
这些年，流水亦不曾离开
像藤蔓对土墙坯的编织

那些远去的日子里
香樟与橡胶树并排而立
窗扉开着小花，向阳敞开
以漏斗之状，聚拢光线

缀花之绿将灰瓦片覆盖
为你发出渐老的声音
而这村寨，从不丢失暖意
——像坦诚付出的阒然

策马之地

夕阳与晌午被善意分隔
策马之地，尚在远处山坡
有人将秋后的意韵打碎
有人在蚂蚁的道路上逆行

给我一个瘦小的身子吧
黄昏就要覆盖林子里的萤火
是该整理一下装束了
我的马匹，将从黑暗中走过

菠萝的海

这是从未涉及的海浪
它漫过堤岸后还是那片浅绿
在曲界，鸟鸣从窗前开始
阳光在镜头里爬上山坡
白雾退却，从中展开的湖面
芭蕉林的颜色曾被隐藏
此刻无风，水草并不轻摇
我看见不远处的绿
悄无声息，饱含菠萝之香

那位从红土地出走的诗人
为你返回故土，他对故地的命名
糅合着菠萝柔软的金黄波浪
我置身其中，历史无从追溯
如你经历的季节，被反复耕种
而菠萝之海，并不需要高度
你要让果实更贴近泥土
覆盖一切，又生长世间的喧嚣

小苏村

——致诗人黄礼孩

海岸向外延伸
土壤淡出盐的视线
季节中的作物高出海水
说着靠近云朵的方言

我来到诗人的故乡
用自己的语言赞美这片土地
庄稼上的风，是异乡温润的回音
流向大海的水，链接我的两种乡情

在小苏村，与泥土交谈的布光者
并不因为暮色，而放下虔诚
百年教堂，上帝馈赠的荣光
安置着内心深处的微尘

历史在镜头之外
你站在最好的月色里
没有辜负这苍茫的人间

致汤显祖

再次在亭子里种下牡丹
他们在时空中相爱
这么多年，临川之梦在延续
时间并未更换台上的主角

蛮荒之地，旅程刚刚开始
瘴疬是旅人忘却世事的偏方
而本源与生俱来，在徐闻
那座书舍，弥存施道者的影像

从沙滩的微粒中，你看见种子
看见海浪不存章法的搏击
海域般恢弘的布景
在归隐地，将爱之光点亮

请记住那些戏份的名字
玉茗堂不再有朝政的纷扰
此刻谁是歌者？灵魂的原乡
我们是剧情中的画像

漓江行色

再次前来，盛宴并未散场
这是珠江酿造的烈酒
像多年前，群山醉倒其中
那时我是一个人，在秋天的
对歌台，听刘三姐的和唱

那只大象仍然千杯不醉
放歌的竹筏往来于繁庶之地
在夕阳的落脚地撒下渔网
而那群白马，已醉成各种姿态
任由他的主人，在隔世观望

汤南古村

必须有一个历久而弥新的名字
在石板路上刻录浓稠的乡音
从远处的秋色中归来的小鸟
停靠在小院里宛如健翅的屋檐

我看见荷塘里有光影掠过
那是夕阳穿过金柳时被摆晃的尾音
龙潭的镜子里,等待苍老的古榕
如从未出嫁的仕女,在此梳妆多年

镇溪古庙里,香火在薄雾中扑闪
一间间旧房子等候暮归的家禽
你是睿智的老者,凝望时间之舟
于长塘的黄昏尽处听松风邀月

宗祠、书塾,藏匿于纵横的小巷
树影依附已久,在古风犹存的花厅
我选择沉默,从喧嚣中短暂脱身
遁入时光的暗渠,寻找生活的旧唱片

开不败的花园

一直以来，大海是无辜的记忆
无数统治者将其分割
像这一处最南端的岛屿
早已卷入权属的纷争
而历史具有公正的判决
秦之三郡，晋之裴渊
无不彰显着领海的归属
在黄金水道，郭守敬的仰仪
画出了古老国度上的弧线

此刻你是一幅蓝色画卷
众多的朝代在此留下笔墨
那些归属于前朝的名字
在史册中被反复提及
这里只有夏天。在海底
白色珊瑚是开不败的花园
美人蕉仍旧是夕阳存寄的残红
倒影里，白云是鲣鸟的羽翼

三沙并不是某一地域的命名
它是大海奔腾中的驿站

又像是一处处出征的将台
椰林是待发的猎猎风帆
每一朵浪花，都是披甲的勇士
在辽远的海域驰骋扬鞭
我是无端高出的塔影
像一名在远古征战的将军
站在礁石上，放出响箭

还要有众多岛屿高于海水
如几何的平面长出立体图案
它们是事先布置的星座
天空在这里留下永恒的缩影
一块空出位置的画布里
撒下的渔网如蔚蓝的光圈
永兴岛的灯塔，用于照耀疆土
代替礁石不善言辞的沉默

时间没有带来季节之分
大海里，一切又是如此冗长
月光是点燃七千年的火焰
这是上苍遗落人间的聚宝之物
将满天萤火，置于蓝色玉盘
如此时的我，沉醉于你的身体
站在十月的海岸上呼喊祖国
波涛的回响，发出海螺般的声线

旧码头

嘉陵江的水在时间上面流过
有一块碑石，在逆水行舟
金刚碑是多年前刻录的名号

黄桷树在藤蔓中保持长势
我看见岁月，在此长满青苔
途经缙云山的飞鸟，悉数归巢

而所有这些，都未能阻止
落日被倾斜的叶子撕碎
缓慢的爬山虎，爬上灰的空墙

我没有因此而获得愉悦
吆喝的对岸，那纤夫的绳子
牵扯着历史，拴在旧码头

昨晚在图南

图南的夜，梦比现实漫长
抒情的气味占据复旧的空间
一个未婚男人在谈论茶道

那名韩国女子戴着墨镜
从香气中走来，如壶里的叶子
刚被烫开。这是她在异国的秋天
诗的种子，繁衍在虚无的土壤

隔着几个位置，他在镜面看见自己
掏出一道闪电，带着光芒与暖意
在明暗中开满繁杂的花朵

彼此的话题，需要语言的切换
此时没有玫瑰，作为初见的馈赠
他在扉页上写下自己的名字
如内心的山谷走出多年的小兽

古巷

四月芳菲未尽，千年的
城门打开，并把青灯点亮
城堡完好无缺，就好像
那场战争，是两军之间的演习

我已看不到青石板的原色
为此承受了多少经霜的脚印
而路人，还在不知疲倦地进入
悠长的古巷，陈旧中的时光

街角的酒吧，在等待一对恋人
灯光开出漫不经心的色调
忽然想有一位盛装女子
从巷子走来，说着她的乡愁

重登南天门

再次抵达南天门
风又一次设下障碍
祝融峰就在上端
举起太阳的火把
照耀人间异象

坏天气是尘世的样子
山脚下的村寨重雾笼罩
风更猛烈地向上吹来
登山者的衣衫过于单薄

无人道破臆想的神话
在我们下山的途中
祝融峰的火把交给了黑暗

神祇与苍生

在南岳小径，秋色先期抵达
攀登的影子，覆盖季节的割痕
许多人在打量久居的城市
我离开晚课后的僧众

福严寺的银杏并无挽留之意
木鱼的尾音，落入流水
得以遇见生活的碎影

我们在喧嚣中剥离细节
在时间的夹缝中寻找路径
前方出现的一片开阔地
居住着众神与苍生

在安居古城

我们来自不同的故乡
雾中的灯笼，提及春的气息
弄堂里的酥油，透过花香

油纸伞已不是春天的饰物
那座绣楼前的情侣身怀美好
戏台上有一场复古的演出
庭前的燕子，去了南方

在湖广会馆，有一场雨
正好到来。即便如此
仍然无人知道，这滴嗒之声
来自谁家的屋檐

红土地的光

在大陆最南端，海是最初的咸
它是生活掏出来的味道
土地呈现血色，种下辽阔的绿
如长高的草原，区别于海浪

风车转动着音符，深入到岩层
这是一首传唱多年的民谣
倾斜的作物，是虔诚的听众

我来自远方，感受到时间的
潮汐，却没有权力歌颂
而夕阳总会将一座灯塔点亮
立于海岸线，高于废弃的教堂

雪在任何地方落下

雪可以在任何地方落下
却无法接近冰川的永恒
比如那棵树，曾有雪花飘落
并原谅我只是路过
但是啊，我多么想用这一生
怀抱这棵树，直至它
在落叶时长出花朵

庙宇

来到这里，庙宇是最后的
肃穆，供奉着历史与后来者
问卦的信徒，续上香火

涪江在流动，世事过于喧嚣
我从尘世中抽出肉身
在灰烬中寻找画轴

塑像的泥土，曾经种植庄稼
它留下的种子，深藏在冥想中
隔着涪江暮色，看群峰起伏

画火的人

~~~~~~~~

我已无法把握笔墨的浓淡
那是我淬火后不忍敲打的城
燃烧五百年的窑火仍然鲜活
我在一座古灶前落笔无声

前人的智慧在火种中传递
战火的断墙把历史画卷展开
你走过的朝代我无需赘述
弄陶者前赴后继，献上虔诚

高庙的香火日益茂盛
烧铸一尊尊陶的佛身
一座城池盛开在汾江河畔
遥对祖堂隔世的风景

对你不需要隐喻，我只要抒情
如今，种子争相破土
远古的窑火已抵达城市的内心
让一群画火的人，交出陶魂

镜框里的季节

窗外的芭蕉林保持长势
仿佛季节从未到来
远山寂静，小溪的流向
在更远处的炊烟

区别于其他风景，秋天被收割
田野枯败，阳光零落
晒谷场的种子
涉及一个漫长的过程

霞光隐退，落下的暮色
搁置在风景区与田地之间
镜框里的季节进展缓慢
如城里人在打发时光

磻溪园

阳光落在午后，带着风
在磻溪园，有了预约的风景

露台的低处，有海鸟飞过
那里堤柳枯败，波光迭现

庭院里的摇椅，盛满体温
有人在谈论别人的旅程

而我的旅程就在这里
听身后隐约的梵音

虚设的人间

暮色未到，夕阳在西边落下
爬行的人，还在东面山坡

此刻的枯木，曾被当作森林
它的荒凉，朝着一个方向生长

在雪山之巅，没有光辉耀眼
许多人已抵达，首先谈论太阳

山脚下，同样有许多人
在谈论大雪

黑土地的光

立春前的一场雪已落下
北方的物种被覆盖
我置身于黑土地
同样有附体的光芒

铁索桥

只是旅程中的一次路过
我带着书本上浅薄的认知
像抚摸枯骨一样抚摸一段历史
河流上方，铁圈环环相扣
如每个朝代紧凑的衔接
在西桥头，观音阁被短暂更名
只因它见证过的杀戮
这多么不易啊，高原上的花朵
并不专属于胜利者，而你被迫
改变初衷，为一场战局接受赞誉

时光中的围龙屋

光来到这里，幻化成雾
像每一个醒着的清晨
叶子年年生长
那是我们在异地的出生
在记忆之初，中原是不安之地
没有马匹用于祖辈的迁徙
这不是神祇的住所
蝴蝶回到原地，它的掌声
仿佛风一路跟随的印记
在这里，屋檐与农具同样喑哑
而阳光一再渗入
雕梁上，那些图案是停止飞翔的
倦鸟，为后来者揭开谜底

郁水河

一定是这样，你是珠江失散的孩子
在这座小镇，贪恋花海与月色
顺着时间流向，辗转多年
雕栏上的图案，是水乡的陈年记忆
我渡过石桥，蜜蜂从远处带来花粉
热切的欢呼带着阳光般的响箭
汽笛从红船出发，如群蝶展翅的声乐
美人蕉、水菖蒲，被圈养在岸边
像大海对百川宽容的接纳

这是百合的住所，艺术河畔的画笔
为蒙娜丽莎增添更为亲善的微笑
对岸的午后，木栈道延伸的水里
仿佛是一面照得见历史的镜子
将小城高高托起，并融入它的倒影
水杉的生长地，渔家院落筑水而居
旧码头的船只，摇桨的人已经老去
而我还在摇动内心的小舟
在郁水河上，划过秋天的弧线

烟桥古村

你的名字由来已久
一轴画卷在秋天事先虚构
此刻向晚，枝头上停留的暮色
在古榕的叶子里平分秋凉
我放下诗人惯有的傲慢
手持雾中玉笛，站上木桥

荷香与蜻蜓于黑夜交换信息
在新的黎明，小河缠绕村庄
醒来的竹影倒进水里
经过的人开始一天的劳作
阳光照耀空房子的镂耳
屋后的林子，小鸟早已斜靠

牌坊的凹处是燕子的久居之地
石板巷子被委以正道的命名
碑石里的村史罗列着一批名字
他们的过去已被历史册封
而时间不断前移，缄默的古巷
有了感知命运的布局

一场雪也显得渺小

许多果实相继离开枝条
这些只与农户相关
城里人淡忘季节的划分
他们在谈论一个别人的奖项
像疯人院的人们谈论健康
风筝与小鸟，尚未达成一致
的高度，秋天雨势渐停
蝼蚁开始搬运落叶
在人迹罕至的地方筑巢
好吧，就让冬天提前进入单薄的
身体，让一场雪也显得渺小

偶遇少数花园

每个季节的诗歌之门都会敞开
十月的灯火最为闪亮
在南坪东，这样的花园为数不多
音乐的缩影是破茧前的压抑
在这里我只有小小的身影
它形成于远古的光源

你说，"我想和你虚度时光"
这种日子此刻得到印证
而低头看鱼只是片刻停顿
夜幕下，你种下大量植物
覆盖大地蠕动的声音

第三辑

桃花落尽萤火

故乡是最后一块土地
无所谓丰年，无所谓暮迟

落尽萤火

古老香气存附在土墙
风竹弹奏流水之声
这种场景，一如多年前
那些离开的日子
提灯妇人，像那根藤蔓
的勇气，向黑暗生长
我把半生归罪于月色之冷
旧书声沿河段没落
在低洼地，桃花落尽萤火
社园背是祖辈空出来的地名
每每念及，不止一次
那颗启明星，又置身屋檐

故乡与我

这是粤北之南的一处花园
岁寒之日，仍是春天的景致
浅色叶瓣如出浴的素颜

叶子没有成长之斑
仿佛已忘却深山岁月
阳光背面，开满蝴蝶的身影

在花果之乡，群山保持常绿
那是我早年写下的文字
燕子在返程中，带回信笺

故乡与我，总隔着一些时日
冬天了，该有一场大雪
在城市与你之间飘落

茶语

提壶、冲泡，如解锁者
打开秋天的无名之香

在这里，每一片叶子
都代替一个人醒着

而你留给我的时间太少
窗外，午夜远未结束

归途

温度一再降低，雪从雨中分离
在高处，没有更多的秘密

没有人在意下坠的过程
在归途，羽化成晶粒

像发生分歧的所有爱恋
为某个场景，作最后的演绎

故乡是最后一块土地
无所谓丰年，无所谓暮迟

潋表村一日

——致安石榴

小鸟飞织栅栏，鸣蝉唤醒庭院
香樟的气味从多年前开始
沾染乡村的烟火

在花木之乡，时间变得缓慢
斜阳挂满旧房子的檐角
这不是诗人的出生地
波纹里，暮色持久未落

天台的物种有了破体的声音
这里没有石榴村的命名
不提及桂花香，不提及杏花酒
空着月色的杯子，落尽温柔

萤火虫掠过水面，迎面灯火闪烁
斜出的堤柳，如爱过的影子
隐身于故园里的山坡

谎 言

他们相继离去
如多年前的相继出生

这是一片低洼地
一个个谎言持续诞生
媒体上的丰收之年
洪水仍然侵袭着低矮的屋檐

那天我跟随出殡队伍经过村口
他们在生前种下的苦楝树
被夏末的云层压得很低
而灰墙上，他们终于直起了腰身

在母亲久卧的病床前
我不能说出事情的真相
说一切仍然美好
高屋村的柿子仍然在树上成熟

我不知道还需要多少谎言
此刻的微笑才得以真实

许愿

关于美，我已饱读诗书
经过删减的史册
有太多惯用的溢美说辞
那一天我走进山门
诵经的僧众在自言自语

我不需要明白所有语言
花朵开在需要的季节
树木刚好长到鸟巢的位置
闪电的瞬间，命运有了灵光
为许愿的香火，续上轻烟

风筝

风筝在城市攀爬、振翅
路标并不明显，没有标出故乡
风也未给出方向
母亲的针线在手，此刻的天空
是我儿时的衣裳

在高处，云是苍白的补丁
老牛还健在，从未放下耕作

我从未说出高处的秘密
却把一生，系在一根线上

田野

春天一步步设下陷阱
等待桃花落入泥潭
去年冬天，他曾经过树下
并带走几片初雪

陆续有人前来，步入中年
为一场宴会酩酊大醉
北风穿过衣衫单薄的春天

无人理会圣人指认的出口
田野的生机，劳力稀缺

万物并不能停下长势
一年之中，尚余许多季节

回乡记

香樟树上结着鸟窝
破壳的小鸟羽翼未丰
在故乡，没有庙宇与禅院
为庄稼的长势点燃香火

空落的庭院，二哥手持旱烟
说着农事，门前的水塘
说到刚离去的一场雨
稗子花退尽花瓣，开始结果

土坡上，游坚在盗取风景
安石榴在眺望暮色中的老牛
黄礼孩说，你也该写写故土了
我说许多人已经离开家乡

漫过山冈的雾也漫过村寨
我在辨别儿时的小巷
让我的脚步再轻一些吧
归来多么不易，像离开一样

族谱

这是家乡的好天气
枝头又长出一片嫩叶
手抄的线装书
写下一个庄重的名字

在出生地，社园背尚属年轻
北方成为最初的遗址
我们是迁徙中的幸存者
柿子树下，埋进谷物与姓氏

日子在命运的身后重复落幕
村庄与城市，有一场争夺
让我离开家乡太久。族谱里
将不再有我的子嗣

他们各自说起生前

他们各自说起生前
说到爱，阳光就到了三月
有些花在开
有些花成为果实
当说到各自的牵挂
人间有一场青涩的祭奠

剃头匠

在这座崭新的桥墩
你摆上陈旧的家当
剃刀、镜子，弯曲的脊梁
镜面上的皱纹
爬满顾客的脸庞

这一天，跟你拉起家常
你说来自粤北一个山庄
以修剪庄稼的虔诚
整理着城里人的仪容

而你每剪下一把头发
故乡的田地
就长出几根杂草

母亲的菜园

在最接近夏天的五月
粤北的雨水有缓和之势
城市的泥土，堆起母亲的菜园

院子里的山茶树不需要结果
故乡的种子，有了迁徙的路线
我的成长过程，在您的苍老之间

凉亭边的菜地，不再对抗饥饿
而母亲，仍然勤于翻动土地
种下乡村的暮色

.

桃花·山冈

在故乡，梨花是最早的春讯
桃花开放时，它就开始飘落
那时候，父亲刚学会说话
爷爷就去了山冈。如今
父亲种下的桃花已开得很好
我的中年也刚刚来到

故乡的倒影

昨晚遗忘的一把伞
让我重临这水上酒吧
云打开的月亮驱赶黑暗
离岸的灯火走进人家

家乡也许有同样的月色
在柔暖的灯光下
那首诗带来缓和的韵意
天空没有杂陈之物
倒影里，有故人的洁净

布谷鸟

春分过后，野花开遍山冈
我想起了小时候
母亲割过杂草的镰刀
如今，它的作用也仅仅如此
坟前的杂草不算太高
那时，父亲会说到祖辈的名讳
他们所居住的山头。而现在
我将在孩子面前提到父亲
抬起头，浮云不算洁白
在家乡，社园背是窄小的名字
布谷鸟伫立在浅雾中的枝条
而它听不懂我的方言
山梁里，传来几处回声

平安夜

今晚的夜色如期降临
母亲在炊烟中陪伴暮年
电话里，我不敢说出
这个节日的来历
她在唠叨田地里的事情

叶子之上

时光慢下来，茶韵正浓
闲居的陋室没有月光
想起故乡的群山
那时的季节在叶子之上

当年的采茶姑娘
采摘了鲜活的叶子
用杀青与揉捏的过程
把夜色浸泡成红酒

而我不是唯一的醉者
夜色正向孤独靠拢
卷缩的叶瓣还在舒展
打开秋天的味道

来自故乡的月

许多人说，你来自海上
是海水浸泡过的夕阳
苍白、无助，发不出热的光
你的丹桂，被不停地砍伐
又不停地生长

而我今夜的月来自故乡
母亲就蹲在那棵树下
将无暇顾及的缺陷
一针一线地缝上

城乡之间

来电时，我在现场朗诵
一首关于母亲的诗
区别于以往提及的菜园、庄稼
她在唠叨天气，不切入主题

想起多年前，离开时的村寨
那里的粮食，与季节有关
想起这些，就想起了母亲的田地
在夕阳下，拉着影子的一把犁

后来的病症，也与季节有关
您却绝口不提。而我在这座城市
正动用中年，与岁月对峙

站台

所有的日子，此刻都落在站台
火车静止，美好被无声淹没
时间并没有留下余地
两只手握住彼此的声音
而归家的人正在路上
不经意间，惊动一声长笛

冬日

这是一个开端，风在细微走动
这么多年已远去，中年并不美好
成长的都市，始终靠近久居的他乡

池里的鱼，被时光喂食
在净化的水里，为观赏者活着

季节被早早敲定
请原谅败去的花朵

也许，再也没有适合的土壤
为羁旅的人开花结果

这么多人热爱家乡

这是一条必经之路
多少人醉心其中
无人抱怨车流缓慢
一年的行囊都在路上

而我同样感到喜悦
这么多人热爱家乡

烟火

节日附身于节日之上
灯笼守着一盏疲弱的光
更多的喜庆，被城市覆盖

从乡村进城的人来到村庄
带去的火苗，是大地最后的
救赎，他把一生中经历的童年
以烟火的形式，在异乡绽放

今夜的星辰并不耀眼
即将遗忘的一些事物
如一束光，匆忙地逐放

拜年帖

阳光并未改变初心
取代午夜集结的烟火
旧时光遍插旗帜
新的日子，在大地唱和

候鸟仍然迁徙，我回到家乡
这该多好，云在青山之外
自成一块块种雪的田地
期待丰年，为人间带来奖赏

第四辑

中年日记

而我只善于黑暗中表达
每一笔都是勤快的刽子手

小 的 飞 翔

不要惊动那片叶子
玻璃表面冰冷、透明
看得见微弱的光

这是半生的悬崖
无人在意夜里的坠落

生活需要一个雨刮器
刮雨，也刮疼痛

比如这一次离开
也许风太缓慢
从额头的位置往下跳
只能算是一次小的飞翔

至今无人提及

风停下来，所有倒影被接纳
洱海的暮色，动用隔岸的渔火

炭在燃烧，羁旅的人围坐阳台
提及炉火里的鱼，苍山的雪

鱼来自湖底，雪来自去年
而我来自南方，至今无人提及

中年日记

无人告诉我，风有没有影子
所到之处是否树影婆娑
失去光源的飞蛾蛰伏窗外
无法感知我的沉默

史书里记载王者的荣耀
旧日子被反复临摹
请给我一间灰的房子
一支笔，一段时间

无名墓地里，有淡去的寒光
有人抬起镜头，有人写生
而我只善于黑暗中表达
每一笔都是勤快的刽子手

空有一地蔚蓝

将春天还给一场寒流
某些事物需要人为改变
在体温上，穿上更多衣服
繁花是季节最大的谎言
叶子的言辞落在土里
准确说出我的秘密

所有裹挟，都是灵魂的赤诚
裸露于众目之下的肉身
一天的阳光集中于此
我离开自身的侧影

门外，没有多余的雪
归鸟仍在睡中。天空里
空有一地蔚蓝

落 日

是时候放弃了
光在边际，穿不过云层
所有生灵进入口袋
地平线是紧勒的绳索
游鱼重回水底
花朵收起未完成的夜香

群峰成合围之势
雾中人将失去宽大场景
我投下问路之石
却听见空旷的回响
像落日，一生的血液
只完成一次转变

月亮缺下一角

在风起的露台
铁质栅栏将我分开
面对那片隐去的田野
总有人拾起镰刀

我以湖水之心
收起黄昏的侧影
小花瓣回到林子里
月亮正缺下一角

旧日记是刚生效的判决
今晚，我有无数星辰
置于你的夜空

棋局

许多事物都在缓慢生长
比如流水，向东去了
此刻还未回头。这许多年
寄养在别处的根系
秋风响过，才露出骨头
哲人说，这是牢笼一般的格子
以稳定一切晃动
而你只是前人的残谱
以年复一年的落叶
破解人间困局

宿命

阳光不均匀地落在各个省份
南方还是阴天
病理上说，我的病症
只向坏天气屈服

一滴雨在云端停留很久
落在农家的屋檐
花以外的花瓣，透过它们
看见事物在局外的宿命

既然可以让我如此生活

玷污的日子有了黑色梦境
前往的城堡终被废弃
萤火虫照亮狭窄的航道
在一个无人关注的细节里
蜘蛛在事物与事物之间
搭建了众多桥梁

在出发前，风声又欠下旧债
新鲜的食物在一天天减少
既然可以让我如此生活
我只有采摘绿化树上的果实
以卑微之光与岁月对峙
在杂芜之地疲于结网

共同的秋天

我们有共同的秋天与暂别
彼此的内心，像果子的酸与甜
在观音桥，没有初见的合照
多年后，这里将成为一处遗迹

像这样的旅途，应有芳香
存寄于一场败退的秋色
你说，我是一个上好茶客
知道哪一片叶子来自哪一座庄园

你用一夜收割湖边草料
告诉我前往的境地正进入冬天
而马匹还在前世的沙漠
在你到过的地方，驻足不前

俗世的旁观者

——致茶叶星球创始人刘晓希

在云鹤南街
一片陈旧的叶子
于混沌之世
失去原有的色调

这是一群俗世的旁观者
在互取的温度中围坐
沉淀中的暗香随之而来
阳光照耀索取的物种

而你只需要潮湿的天气
不再说出媒体人的身份
并羞愧于出卖的良知
虚构一座合法的茶叶星球

不提及赞美过的荒野
世间诸味横陈
我们是城市的弄茶者
保持着原始的嗅觉

西华寺

风来到这里，寻找古刹与青灯
保留的初心，不需要史料的佐证
这本是布施者的清修之地
诞生权力的战事却将其废弃
山冈的花还在一年年地开
迁徙的候鸟年复一年地归来
石门之光在日月间往返
人们一直铭记着旧的风景

历史总会在不经意中有所发现
多年前的福音被重新遇见
透过时光的镜面，碑文上陈述着
往事，谜底埋进古老的地层
那里的柱础、瓦砾、残碑
像飞鸟的线条串起零碎的记忆
我因而得见消失中的事物
在碎片里，拼凑着隐约的梵音

看见

看见风，推动水的声音
看见水鸟浮出水面
看见孤岛，空无一人

看见那座禅院时
钟声已走出很远

审 判

站在两面镜子之间
影子层层重叠
反复进入彼此的身体
他们靠得如此之近
在固执中互相审判

苦修者

——致济昌

在那座废弃的厂房
你操着一口潮汕口音
谈论诗歌、水墨
生命之初的始祖鸟
那是一个下午，茶的味道
如搁置在宣纸上的仕女
重返清澈的秋冬之交
而城市边缘，庙宇逐年没落
没有剃度仪式，没有经文可读
我们是徘徊的苦修者
至今身份不详

前世的篝火

等到夕阳西下
我才敢打开手稿
以备一些章节
在暮色中出逃
而左右逢源的月色
成为流水对落花的借口

起初，你用平静作出承诺
流经我宽大的脉络
而一颗积压多年的结石
让不甘寂寞的浪花
蠢蠢欲动

逐渐消瘦的骨骼
正在打磨隐形的刀锋
划破我苦心经营的胸膛
我的血液，也将在黎明前
夺腔而出，浇灭前世的篝火

罂粟花

有一朵花来自夏天
花瓣脱落，结出果实
而你的斑斓外壳
从一开始
早已包藏祸心

风是这尘世的刀客

不能将雨后的尘埃当作堕落
谁在逃避世事？叶子更加洁净

天空有了大海的草图
已忘记昨日模样

阳光照进逼仄的旧房子
门楣上的众神一年年变老

风是这尘世的刀客
悬而未决的是秋天的纷争

流水是无情的

流水是无情的。春风还在
有些果实迫不及待
沦为落花，并不是它的初衷

在既定的轨道，你无法突破
而骂名总得有人背负
比如最后一根稻草

比如这个季节，途经此地时
被许下一个名号

阴影

这是多年前种下的树
叶子有充足的阳光
花朵的雨露，生命短暂
命运落下的位置
经过的人一年年减少
深埋在身体的皱褶
如同生活背面的阴影

最好的月色在抵达人间之前

人类不再被提及
在高处，雨水是盛开的枝条
没有砍伐者向上攀登

仰望是最好的习惯
最好的源头在高山之巅
最好的月色在抵达人间之前

最后的洞悉

总有一些火焰，居于岩层
在无法呼吸的低处，燃烧自己

那些燎原之火，只是细微的火种
以虚幻的姿势，与冷漠对峙

必须有缺口为后来者打开
他走过的森林，将化为灰烬

像一切即将诞生
归于历史，归于一场雪

这人间最后的洞悉

一个人的旅行

来这世上，是一个人的旅行
以低于尘埃的拘谨
走进盛大的疆域
来不及带上必备的粮草
所有的行囊，只剩一双眼睛

我可以放下身段
仿效那只捕食的猎鹰
问候每一片森林
有时也会放下高山
背负一面飞瀑
此生无人应答的轰鸣

沿途的风景如此肥沃
我却没有种子可以种植
或者根本就一无所有
我只有打开一生的汗水
开满众多的河流

珠帘

如水面一样空寂
没有抚琴之音
善歌舞的人已回到前朝
阁楼里，只有雨后的三月

南国尚未产出红豆
春天保持一贯的细腻
在这个季节里，并不需要
南归的燕子，为我卷起珠帘

春天里

雾里看不见花开
道路并不真实。行走的人
像这个早晨一样虚幻
没有人能看到本来面目
仿佛人间已靠近天堂
就在此待上一日吧
或许那千年的疾苦
真的会等来一道彩虹

鹅卵石上的鱼

鱼池里铺满了鹅卵石
如同宣纸的底色
这是一群古人笔下的鱼
被一场雨点上眼睛

你并不理会春天已经到来
观赏的人如何赞美
仿佛时间在你眼里
只是一场普通的游戏

无题

整整一夜，你都在磨制色调
深浅、粗细、浓淡
赶在黎明前，将一江山水
重新虚构

而你，恰好是赶在黎明前的人
轻易就把我的前世今生看透

归于一场雪

最好的落幕，是归于永恒
白的花，白的灰烬
青花瓷的底色
装满不变中的时间

斑斓来自眼睛的涌动
黑夜是天空滴下的浓墨
而这些必须破碎，等待重圆
像倒影等来风，等来皱纹

青花瓷的朝代无人过问
在内心，放下最后的归程
正如最后的的白头
据说，要归于一场雪

二十八号病床

阳光开放，花儿应约而来
黎明前的顽疾，落在脖子根上

隔壁病床的老夫妻仍然相爱
上天开始感到内疚，为我
选择这个幸运数字，予以补偿

许多陌生人在走廊经过
熟悉的只有医生、护士长
而我对这一切无动于衷

外界仍旧扮演健康的角色
我却对外界无动于衷

我是自己的牢笼

原谅我将自己囚禁
罪名掌握在别人手心
他们说，我用祖国的语言
出卖了诚实。或者说
不该在黑暗中睁开眼睛
而我的牢笼并不坚硬
经不起锈蚀，黑夜的冲击
但我仍然能看见庄稼
被过早收割，甚至还看见
刻满颂辞的高尚墓碑

素颜

大地打开出浴的素颜
为这个夏天，摆下盛宴

那只蜻蜓，试图说服花瓣
让此地的季节，向路人呈现
而背影，始终留给水面

在深处，光已无法抵达
泥土覆盖内心的圣洁
唯有泄漏的体香
夹杂着尘烟

浪花

季节接近尾声
需要一场雪来自北方
对大地完美表白

河流静止，没有荣耀的浪花
在低处，生命并不因此而熄灭

原谅

忘掉曾经发生的。这是
第一天的阳光，我要
挤出笑脸，像花儿一样

土地温暖，小鸟禁言
路过的人小心翼翼
想象叶子长出的模样

我知道，这一天不该
说些什么。我要原谅冬眠
的万物，原谅一场盛会
原谅那位诗人的春暖花开

征兆

密林收集整个季节的雨水
山坡却背负起阳光
等一匹马经过
但是为何啊
林子可以郁郁葱葱
而自身的孤独
却没有一丝征兆

存在

影子的存在，并不为了光
正如此地的园子，并不因为
季节，果实才来到

正如我不能靠近太阳

篱笆墙里有空气和土壤
有我缓慢成长的种子
为过去存在过的所有时光

祝福歌

相比朋友圈的祝愿
我钟情于二月的花开
在春天途经的路口
纷沓而来的，是所有爱

先于叶子，生活需要一种
色调，取代太阳的温暖
它是重临人间的祝福
较之以往，没有增减一分

岔道

这是一条岔道，适合一个人
向另一人注目。来时的路
经历过一场雨，那里有
一树的花开，砍伐者的刀斧

你并不知道黑暗什么时候来临
野兽会不会出没
猎人的枪，会对准谁的头颅

需要的答案，就在拐角之处
我是更适合的闯入者
在某处，也许有同归的殊途

季 节

叶子从夏天开始枯黄
起初是叶尖，没有先兆
庄稼被收割时，想起的秋风
正朝这个方向走来

这个季节经历一场劫难
你必须用另一场劫难应对

正如秋的尽头，登高的人
早已离去，北方
有一场雪蓄势待发

还原

各种形状的青砖铺成街道
带着夜色的人走过
叶子翻腾的声音
像刚来的季节呼唤秋风

街灯背道而驰。影子在收缩
它终将消失，消失于
旷野吞噬的黑洞

内心仅存的一点光
并不能点燃黎明
而黎明终究会前来
还原一个人的真相

秋天让我们相遇

秋天让我们相遇
渐凉的叶子沾上酒红
天空投下设想中的岛屿
神的集聚地有了星宿的别名

诗的音乐在林中独奏
好些日子了，群雁还没回来
大地的倾听者
流水一般，轻抚着石头

这是秋夏之交，一座城市
赶赴另一座城市的邀约
带着深信不疑的身份
走向不为人知的秘境

一个诗人持续写给尘世的"感谢信"

安石榴

感谢无数落叶
让出冬天。感谢雨势
人群一样稠密
一只燕子没有家室可归
它还衔着故乡的旧泥

感谢先行者的面具
飞翔的轨迹被风声代替
当落款写上决绝之后
请容我在刀尖上暖过身子
赎回下一世的罪孽

这是诗人曾欣兰的诗集《午夜尚未结束》中的一首诗，标题就叫做《感谢信》，借助这首诗，我似乎获得了暗暗约定的提示，促使我的阅读从反复转向明朗，由此窥探到整部诗集的写作主调，并尝试做出共性的指认，大致可以用四个词语来概括：审察、领悟、自省、感恩。这是一个由感受、思维到情绪、思想的写作进程，首先是发现和撷取，接着是思辨与省悟，然后是回声及返照。几乎可以如此认为，《午夜尚未结束》中的一百余首诗歌，基本都是在这一方法的引导之下展开及完成的，体现出一种较为整齐又鲜明的创作格调，应该视为诗人曾欣兰自我确立及践行的一项写作修习，属于某一阶段的一种诗歌状态及面貌。

就我看来，这部诗集就像是一个诗人持续写给尘世的"感谢信"，这些诗歌，从尘世中来，到心灵中去，又以由此而迸发的灵魂之光返照尘世，呈现出与事物、世界声息与共、休戚相关的情怀，虽然不免有着伤逝、忧患、决绝等种种情绪，但更多的是感动和感恩。《感谢信》一诗，不经意地为我们揭开了这批作品中积聚及蕴含的谜题。或许曾欣兰自己并不曾着意这一点，但作品已经先行泄露了他的写作姿态，包括他暗暗运用和建立的方法、愿景及思想。当一个诗人在自我调整中趋于思维和技巧的熟练时，已然无法掩饰也无需掩饰他诗歌飞行的轨迹，他自己也会在有意或无意间为之做出点染，例如曾欣兰之于《感谢信》，当然这又不过是其中一例，而秘密在关注中总是不断泄露。

黑夜或尘世的灯光

要打开曾欣兰诗歌中的秘密并不难，因为他进入诗歌的途径并不隐秘。通读《午夜尚未结束》中的诗歌，可以看出，他惯于从平素的发现中提取意象，在对事物的敏锐中调动冥想的力量，他的诗歌写作，就像是与眼睛和心灵维系的世界保持着深入的通信。有时，我们说，诗人是神秘世界的信使，诗歌是传递沉伏梦想及打开潜在空间的隐秘之书。曾欣兰通过诗歌所传递出来的，或许目前尚未谈得上有多少对未知或混沌的开启，但无疑，他正在揭示和呈现梦想之途上走向深刻。我愿意相信他已经在审视和练习间获得了写作的觉醒，正如他在《必经之道》一诗中所言："入梦时，需经过短暂的黑暗"，他业已获知了"黑暗"的"短暂",并开始在诗歌中连续进行冷峻的思考,努力探索存在中的对立及虚无,"如朝圣者对世俗的皈依/我与新事物打开云帛/独自欢娱于这残缺之世/并爱上嗜血的黄昏/"(《图案》)。正是由于这样的觉醒和思考,他的诗歌才具有了面貌,才称得上担负了"信使"之名,因为他打量世界的眼光与方式,已脱离了单一的、直观的一面,拥有了多元的、反观的呼照指认。

由此,与世界的诗歌式通信,就不再是依靠性的、亲近性的介入,而是互动性的、对话性的展开,诗人跳跃的心灵与变幻的世界互为镜像,不断切入和游离,剥开与重建,构成语言和诗歌,形成富有寓意、哲思等内核的文本,这就是写作的秘密。"秘密藏于沙粒,海贝的壳/像密不示人的子蕊/花瓣开在需要赞美的地方"(《指向》)。在《磨镜台》一诗中,曾欣兰似是自我揭示了这一秘诀,他借助南岳衡山磨镜台的一个佛家公案,在历史、传说和现实、人群中遣词造句,"得道者重回岸边/在山中,这只是一处古迹/如身份成疑的衣冠/穿在游离于世的俗人身上",对事物和世界的观照,并非是为了附和与赞同,也未必是质疑和妄语,更恰当的是落下经过酝酿发酵的目光及心灵投影,如同在晦暗不明的黑夜或尘世中亮起灯火,即使只是照亮个人或者少数人的视野,即使只是闪电般的一瞬,即使只是反复的徒劳,"来源于自身的光/闪电写下狂草/夜是辽阔的纸张//而你并不将其照亮/黑暗,仍在无限扩张"(《黑与白》)。

在《午夜尚未结束》这部诗集中,"黑夜"和"尘世"或许可视作两个贯穿其间的关键词,并非是对这两个词语的频繁使用,而是这两个词语成为意象或鲜明或沉潜的出现,"黑夜"可能是一种遮蔽,可能是一种裂变,"尘世"可能是一种生长,可能是一种现象,如此种种。也许又呼应了诗集的命名,既然"入梦时,需经过短暂的黑暗",而最为漆黑的"午夜"又"尚未结束",写作就成为未竟之事,对世界的审察和言说远未达到澄澈,这也是曾欣兰借机表露的一个写作姿态,亦指向了诗人选择的使命。"要记住变幻的天气/在大地正中央,乌云盖顶/覆盖一切不透明的事物/闪电照见瞬间的自由"(《黑匣子》),"黑暗中,缺少真切的事物/影子不断变换位置/夜行者穿行在城市的隧道"(《夜行者》)。诗人是否就是"穿行在城市隧道"的"夜行者",诗歌是否就是"照见瞬间自由"的"闪电"?从诗歌的拷问中,探询生命和灵魂的救赎之途,洞穿"黑夜"和"尘世"的迷惘及苍茫,其中既有忧伤、失落、焦虑、悲悯,也有洞见、喜悦、愿望、感恩,"人世因此而洁净/天空与大海/不断析出彼此的蓝"(《彼此的蓝》),至此,原本从感触、忧患出发的诗歌,就有了爱的超越,就有了动人的言辞,就成了写给尘世的"感谢信"。"有一首诗始于赞美/说到甜的土地,说到桃花/说到未来的果实/蝴蝶是这个季节最好的舞者"(《始于赞美》)。

云朵与故乡的萤火

云朵和故乡,可以视作诗人心灵和现实的原乡,是精神与写作的源头。在曾欣兰这里,可以看作是"感谢信"的开头,他自己直接承认其诗歌很大部分是"靠近云朵的语言"。"这是原乡,老房子燃起柴火/折返的出逃者放下行囊/在祖辈留下的土地上/他种下草木,修复栅栏/等春风过尽,做自己的俘虏"(《俘虏》)。每个人都曾经是故乡的"出逃者",又终究是故乡的"俘虏"。曾欣兰不仅写自己的故乡,也写别人的故乡,"我们来自不同的故乡"(《在安居古城》),而故乡之外,"坏天气是尘世的样子"(《重登南天门》)。他把个人的体验放置到一个大众的体验上面,正是基于故乡症结毋庸置疑的大众性，从而获得更宽阔更强大的指认，虽然每个人对故乡的体验有所不同，但每个人在对故乡的"出逃"中，总会在"坏天气"中陷入或多或少的对故乡的缅怀，返回同时也逃避，逃避同时又是出走，出走同时又是与世界的重新相处。

"在低洼地，桃花落尽萤火/社园背是祖辈空出来的地名/每每念及，不止一次/那颗启明星，又置身屋檐"（《落尽萤火》），"社园背"应该是曾欣兰故乡的名字，但进入到诗歌中，可以视作所有故乡的背景，故乡的"萤火"，是每个人生命中永远闪烁着的"启明星"。在此，曾欣兰将个人的故乡体验向大众体验进一步推展开去，我认为这是书写故乡的一种典范之笔。

云朵是故乡的景象，飘荡在怀念和缅想的天空。如果"坏天气是尘世的样子"，那么代表"好天气"的云朵就更加意味深长。然而什么才是诗人曾欣兰眼中或者灵魂映照的"云朵"？概而言之，就是记忆和梦想中美好的事物，包括乡村和自然的秩序，草木与土地的伦理，人类和物种的相处，温情中的生息及繁衍等等，甚至是一片嫩叶在隐喻中的生长，"这是家乡的的好天气/枝头又长出一片嫩叶"（《族谱》），一切都应该回到自然和愿望，回到温暖和柔软之处，"花朵开在需要的季节/树木刚好长到鸟巢的位置"（《许愿》），类似这样的感触和观照，在曾欣兰写及故乡和自然的诗中屡屡可见，由此也可看出他的写作愿景，他试图在诗歌中进行一种记忆及愿望的修复，这一修复并不只是无效的伤逝，而是连绵的追忆、记取，是感动中的许愿，是心灵对梦想的返回，感伤中带着温情，忧戚中带着憧憬。

曾欣兰说过这样的一句话，"人都是大自然的违章建筑"，我不知道这句话是他自己的发现还是引用，但在听到时确实为之一震。至少说明，他对人与自然的关系一直是有思考的，而诸如此类的思考，无疑为他的写作提供了深度和广度，也正如我对他当前诗歌的指认，审察和领悟之后，是自省和感恩，由此，他以"感谢信"的方式来向自己面对的世界发言，致力于在诗歌中使自己博大，在刺痛中找出宽容和救赎，尽管"感谢信"的"落款"是"决绝"，仍然"请容我在刀尖上暖过身子/赎回下一世的罪孽"（《感谢信》）。

2017年6月12日·南风台